AF176062

1

FSC
www.fsc.org

MIX

Papier aus ver-
antwortungsvollen
Quellen
Paper from
responsible sources

FSC® C105338

ISBN 9783753453484

Autorin: Christel Oostendorp

1.Auflage 2021

Herstellung und Verlag: BoD – Books on Demand, Norderstedt

Bild 12/2020 gekauft von shutterstock.com

Autorin

Christel Oostendorp schreibt u.a. auch unter Pseudonym Sachbücher, Kinderbücher, Romane und Ratgeber zum Thema Gesundheit.

Nähere Informationen erhalten Sie unter

www.matrix-harmonia.de

Im Jahre 1842

Rudolph geht langsamen Schrittes die Münsterstraße entlang und kann schon das rege Treiben auf der Bahnhofstraße, in die die Münsterstraße mündet, beobachten. Menschen und Pferdekutschen bewegen sich schnell, als ob ein wichtiger Termin einzuhalten ist. Ein kleiner Junge läuft in dieses Treiben hinein, obwohl sich eine Pferdekutsche mit zwei Rössern nähert. Rudolph denkt nicht nach und stürmt auf die Straße, schnappt sich den Jungen und wird von irgendetwas erfasst. Augenblicklich ändert sich die Umgebung. Mit dem Jungen im Arm sitzt Rudolph im Sand vor einem Leuchtturm. Was war das? Ist das hier ein Anfang oder das Ende? Menschen in Gewändern verschiedener leuchtender Farben bewegen sich anmutig durch den Sand. Der kleine Junge lächelt Rudolph verschmitzt an. Niemand nimmt Notiz von den beiden Personen im Sand. Der Himmel hatte ein sattes Blau und das Meer leuchtete in einem herrlichen Türkis. Jeglicher Stress war aus Rudolph gewichen. Er schaute aufs Meer und fühlte sich sehr wohl hier im Sand. Was war mit dem Jungen, warum hielt er ihn sanft in seinen Armen? Er konnte sich langsam wieder erinnern. Aber wo war er jetzt? Eine junge Frau in einem zart rosafarbenen Gewand kam auf ihn zu und nahm ihm den Jungen ab. „Wohin bringen Sie den Jungen und wo bin ich hier?" kam es aus Rudolph hervor. Die Frau lächelte ihn an und sagte: „Er kommt zu den anderen Kindern in die Auffangstation und zu dir kommt auch gleich jemand." Rudolph holte sein Wissen über andere Dimensionen und Parallelwelten hervor. Das hier konnte nicht die Erde sein. Wieso war er am Meer an einem Leuchtturm? Hatte er sich nicht schon so lange gewünscht mal wieder ans Meer zu fahren?

Er schaute sich genauer um und entdeckte, dass fast jeder Mensch, der in einem wunderschönen Gewand herumlief, eine Person in einem mehr oder weniger schlichten Gewand mit sich führte. Viele dieser begleiteten Personen schauten sich genauso staunend um wie Rudolph. Eine Gruppe junger Menschen, die aus dem Nichts auf diesem Sand landeten, wurden von mehreren Menschen in Empfang genommen. Diese Gruppe junger Menschen kamen wohl genauso in diese Welt wie ich, dachte Rudolph. Eine Person in einem türkiesen Gewand kam auf Rudolph zu und reichte ihm die Hand. „Hallo Rudolph, ich grüße dich. Mein Name ist Aloras. Ich bin dein Begleiter für die nächste Phase", sagte er. Rudolph reichte ihm die Hand und fragte: „Welche nächste Phase und wo bin ich hier?"

„Zuerst werde ich dir deinen richtigen Namen nennen, sagte Aloras." Jeder Mensch hat einen Seelennamen von Anbeginn. Dein Name lautet Jabur. Rudolph war dein Name im vorigen Leben." „Im vorigen Leben?" platzte es Jabur heraus. „Bin ich tot?" „Ja, Jabur, du und der kleine Junge seid in dem Augenblick verstorben, als die Pferdekutsche euch überrollte. Eure Seelen sind sofort aus dem Körper getreten und hier angekommen." „Aber ich sehe mich doch noch so wie vor dem Ereignis." „Das ist nur eine Wahrnehmungsweise. Alles was du meinst zu sehen ist auch so. Du erschaffst es. Du bist nun Bewusstsein und kannst dir jede Hülle erschaffen, die du möchtest." „Und wo bin ich hier – im Himmel?" „Du magst es Himmel oder Paradies nennen. Es gibt viele Namen für diesen Ort, der viele Orte beinhaltet. Nenn es die 4. Dimension. Hier gibt es keine Zeit und keinen Raum. Hier kommen die meisten Verstorbenen an, um dann in ihre für sie richtige Dimension geführt zu werden. Es gibt sehr viele Dimensionen und auch die sind wieder unterteilt. Steh auf und komm mit mir. Wir gehen etwas spazieren."

Jabur stand auf und beide gingen durch den Sand zum Leuchtturm. Je näher sie kamen, umso größer erschien dieser Leuchtturm. Die rote Farbe, die Jabur aus der Ferne sehen konnte, glitzerte mehr und mehr, je näher sie kamen. Rubine über Rubine schienen diesen Leuchtturm zu schmücken und das Tor war aus einem wunderschönen rot schimmernden Kristallglas. „Tritt ein Jabur", sagte Aloras. „Wir werden bis nach oben gehen". Stufe für Stufe kamen Jabur viele Gedanken und Bilder. Er dachte an seine Eltern, an seine Verlobte und an seinen Arbeitgeber. Was würden sie nun denken, sind sie traurig, seine leblose Hülle beerdigen zu müssen? Seltsamerweise kamen sofort Antworten. Er sah im inneren Auge zu jeder Frage eine Antwort. Er sah seine Verlobte weinen, seine Mutter lag wie ohnmächtig im Bett und sein Vater betrank sich. Sein Arbeitgeber betraute gerade einen anderen mit seiner Arbeit und vermisste ihn überhaupt nicht. Er war überflüssig in dieser Firma, so leicht zu ersetzten. Was ihn erstaunt, war, dass er nicht zurück wollte. Seine Verlobte fehlte ihm wohl, aber das wunderbare Gefühl, was er jetzt in dieser Welt hatte, ließ keine Trauer aufkommen.

Oben angekommen traten beide auf eine Plattform und Jabur konnte das Land überblicken. Manche Orte strahlten, ja sie leuchteten fast und andere weniger. Die Blumenwiesen und Wälder wirkten fast unwirklich in ihren Farbenkleidern und überall waren Gebäude, Menschen und Tiere zu sehen. Alle schienen fröhlich zu sein. Man hörte Lachen und Gesänge. Diese Gesänge waren so anmutig, gingen so tief ins Herz, wie noch kein Gesang zuvor.

Jabur hatte noch so viele Fragen und es platze aus ihm heraus: „Warum leben diese Menschen, obwohl sie doch tot sind? Warum sind Tiere in dieser Welt? Warum bin ich nicht traurig, weil ich die Welt verlassen musste? Wo ist der Junge, den ich mitbrachte? Warum treffe ich hier niemanden, den ich kannte, der vor mir verstorben ist? Gibt es ein Zurück? Wenn nicht, bleibe ich hier oder komm ich woanders hin? Warum bin ich hier in der Herrlichkeit, obwohl ich kein so gottesfürchtiger Mensch war? Warum habe ich jetzt ein anderes Gewand an, anstelle von dem, was ich anhatte, als ich hier ankam?"

„Halt, halt" rief Aloras. „Alles wird sich von allein erklären. Lass uns einen Schritt nach dem anderen machen." „Jabur", sagte Aloras, „zuerst einmal möchte ich mit dir auf dein Leben zurückblicken und dir die Frage beantworten, warum du in dieser Herrlichkeit bist. Schau dir mal dort hinten das goldene Land an und nimm die Herrlichkeit in dir auf." Jabur schaute in dieses goldene Licht, was über dem goldenen Land schwebte und es dämmerte in ihm der Schein eines stärkeren Lichts. In ihm schien sich ein inneres Auge zu öffnen, das dazu bestimmt war, tiefer in sich zu schauen. Aloras redete noch weiter, aber Jabur war mit den Gedanken schon in seiner Kindheit. Jabur sah sich als knapp 10-jährigen Jungen, der einem anderen Jungen einen Faustschlag ins Gesicht schlug; er sah, wie er seinem Vater 10 Groschen aus seinem Geldsäckel nahm und sich davon Süßigkeiten kaufte. Er sah auch, wie er selten zu Gott betete, weil er ihn anzweifelte. Lauter Kleinigkeiten, die er hätte besser machen können. Ihm tat alles augenblicklich leid. Das größte Vergehen, was er sich anzurechnen hatte, war der Zweifel an Gott. Alles was er hier zu sehen bekam, war nicht durch Zufall entstanden. Man fühlte die Liebe Gottes. Aber wo war er? Dann änderten sich seine Gedanken und Jabur sah die Szene seines Todes auf der Straße mit dem Jungen im Arm. Er sah, wie beide in Begleitung von zwei kaum sichtbaren Geschöpfen in dieser Dimension ankamen und augenblicklich alle Lasten verschwunden waren. Jabur drehte sich zu Aloras um und fragte: „Bin ich deshalb hier, weil ich den Jungen retten wollte? Sind mir deshalb meine kleinen Sünden vergeben worden?"

„Jabur, hier vergibt man sich selbst, in dem man erkennt was gut und böse ist und du hast es erkannt. Du bist hier auf der Übergangsplattform, nur einen Schritt zur nächsten Dimension. Aber du musst noch alle Gesetze des allgemeinen Bewusstseins erkennen und die letzten Erdeneigenschaften ablegen. Das wird aber Schritt für Schritt erfolgen", sagte Aloras.

„Was ist das für ein goldenes Land dort drüben und darf ich dort mal hin Aloras?" „Irgendwann wirst du auch diesen Bereich erkunden, aber dafür musst du noch reifen. Von diesem Leuchtturm aus, den du in deinen

Gedanken erschaffen hast, blickst du auf alle Bereiche des Jenseits. Du blickst auf Gottes Welt. Jeder von uns ist ein Teil davon und erschaffen sie mit. Denn Gott hat uns nach seinem Ebenbild gestaltet. Also können auch wir kleine Schöpfer sein, jeder nach seinem Seelenstand." „Was meinst du mit Seelenstand?" „Jeder nach seiner Reife, die er aus seinem früheren Leben mitgebracht hat und nach seinem weiteren Reifegrad hier im Jenseits. Du hast bemerkt, dass man Gewänder in verschiedenen Farben trägt. Je heller und leuchtender das Gewand, desto mehr Seelenreife hat dieses Geschöpf erreicht. Schau dich an, auch dein Gewand hat sich etwas verändert. Wie du siehst, haben auch Tiere hier ihren Platz nach ihrem Ableben. Löwe und Schaf leben hier zusammen mit den verstorbenen Menschen und anderen Geschöpfen." „Aloras, welche anderen Geschöpfe meinst du?" fragte Jabur. „Die höheren Geistwesen, die Engel und Erzengel, die über den Menschen stehen in ihrer Reinheit." „Bist du ein Engel Aloras?" „Nein, ich habe vor vielen Jahren auch einmal auf der Erde gelebt und mir gewünscht, die Neuankömmlinge im Jenseits zu empfangen und einzuweisen." „Gibt es auch noch andere Aufgaben, die man übernehmen kann?" „Jabur, zahlreiche Aufgaben kann man übernehmen oder auch irgendwann wieder zur Erde zurückkehren als geistiger Helfer oder als Mensch. Man kann wiedergeboren werden, wenn man etwas besser oder anders machen möchte, als im vergangenen Leben. Oder wenn man eine Erfahrung machen möchte, die man als Mensch nicht gemacht hat. Aber lass es für jetzt genug sein. Lass uns den Leuchtturm verlassen." Jabur wollte sich schon zu den Treppen begeben, als er im nächsten Augenblick mit Aloras zusammen in einem wunderschönen Garten stand. Blumen jeglicher Couleur mit einem unbeschreiblichen Duft und gesunde Bäume wo man nur hinschaute. Die Blumen waren vorbildlich angeordnet, so dass sie von einer hellen Farbnuance die ganz langsam in eine tiefere Farbnuance wechselte und dann eine andere Farbe anschloss. Jede Blume hatte einen anderen betörenden Duft. Nichts wuchs wild. Wie ein Haus Stein auf Stein gebaut wurde, hatte hier jemand nach diesem Prinzip einen wunderschönen Garten angelegt.

Verwirrt schaute Jabur Aloras an und musste nichts sagen, denn Aloras konnte jeden Gedanken lesen. „Das ist die nächste Lektion, die du erkennen wirst. Ich verlasse dich jetzt für diesen Moment und stell dir Manorus zur Seite". Manorus tauchte aus dem Nichts sofort vor den beiden auf. Er strahlte eine Harmonie aus, die noch wohltuender war, als die von Aloras. Zur Begrüßung sagte er: „Jabur, der Tod ist nur der Anfang des wirklichen Seins. Der Anfang des Immerseins, der

Erkenntnis, des ewigen Friedens. Mit Ablegen deines irdischen Körpers hast du die Möglichkeit, das zu erreichen, wenn du möchtest. Es gibt aber auch Geschöpfe, die es nicht erkennen und annehmen wollen. Sie dümpeln sehr lange Zeit noch in irdischen Gewohnheiten und müssen diesen Ort hier dann verlassen um erst zur Erkenntnis zu gelangen." „Ich grüße dich Manorus und bin sehr geehrt, dass du dich meiner annimmst. Ich habe noch so viele Fragen", sagte Jabur. „Dafür bin ich da. Schau jetzt mal auf meine Gedanken und nicht mehr auf mein gesprochenes Wort. Du kannst auch die Gedanken des anderen wahrnehmen." Jabur und Manorus machten einige Übungen und Jabur war überwältigt, dass er auch die Möglichkeit in sich hatte, auf Gedankenebene zu kommunizieren.

„Wir schreiten weiter zur nächsten Lektion. Das Manifestieren von Gegenständen und das Reisen auf Gedankenebene von Ort zu Ort sind deine nächsten Aufgaben. Schau dir die wundervollen Blumen an und versuche eine Rose zu manifestieren mitten unter die anderen Blumen", sagte Manorus. „Du musst dir nur sicher sein, dass es klappt und wirst Erstaunliches manifestieren können. Ein großer Wunsch während deines Erdenlebens war es wieder einmal ein Meer und einen Leuchtturm zu besuchen und dein Wunsch war so groß, dass du es beim Übertritt ins Jenseits manifestiert hast. Der Leuchtturm kam gleichzeitig mit dir hier an." Jabur stellte sich eine wundervolle Rose vor und im gleichen Augenblick war sie mitten unter den anderen Blumen zu sehen. „Das ist ja wundervoll", meinte Jabur „und wie kann man reisen ohne sich selbst auf den Weg zu machen?" Manorus lächelte über den großen Wissensdurst seines neuen Schülers und zeigte auf ein Gebiet außerhalb dieses Gartens. „Jabur, da hinten findest du den kleinen Jungen, den du mitgebracht hast. Er ist mit anderen verstorbenen Kindern dort. Liebevoll werden sie dort betreut. Stell dir vor, dass du dort hin möchtest, genau zu diesem Jungen." Jabur stelle sich den Jungen vor und verspürte den Wunsch ihn zu besuchen. Augenblicklich änderte sich seine Umgebung und mit Manorus stand er nun auf einem riesigen Spielplatz. Viele Kinder im Alter von 5 bis 10 waren dort zu sehen und vor ihm stand der kleine Junge. „Ah, du bist der, der mich mitgenommen hat an diesen Ort", rief der Junge. „Ich bin Symplex, früher hieß ich Paul und wie heißt du?" „ Ich bin jetzt wieder Jabur und im früheren Leben war mein Name Rudolph." „Wie gefällt es dir hier Symplex?", fragte Jabur den Kleinen. „Oh, es ist so schön hier. Alle sind so lieb und ich darf viel spielen. Manchmal haben wir auch Schulung. Dann wird uns das Leben auf der Erde und das Leben hier erklärt." Es sprudelte nur so aus ihm heraus. „Und da hinten ist meine Schwester, die vor 2 Jahren von uns gegangen ist, weil sie sehr krank war. Mein Opa hat mich auch schon besucht." „Vermisst du deine Eltern Symplex?" „Ja, aber ich darf sie bald besuchen, versprach mir meine Betreuerin. Zuerst muss ich aber noch einiges lernen, dann geht es zur Erde auf einen kurzen Besuch." „Das ist schön Symplex", sagte Jabur nachdenklich. Der Junge verabschiedete sich und lief wieder zu den anderen.

„Manorus, kann ich auch mal kurz zur Erde, um zu sehen, wie es meinen Lieben geht?" „Jabur, auch deine Zeit wird kommen. Zuerst musst du deinen Bestimmungsort finden, der dein Zuhause wird. Je nach Reife der Seele verändert sich dann der Bestimmungsort von Zeit zu Zeit. Man kann immer weiter aufsteigen in den Dimensionen. Je höher du kommst, umso reiner und liebevoller sind die Schwingungen. Den ersten Schritt des Reisens hast du ja gerade schon vollzogen. Hier in der 4. Dimension sind alle nur auf der Durchreise. Der kleine Symplex wäre überfordert, wenn er jetzt schon seine trauernden Eltern sehen würde. Hier oben gibt es keinen Raum und keine Zeit. Symplex fühlt die Wochen, als wären es Stunden. Überlege mal wie lange du hier bist Jabur?" Jabur dachte nach und konnte zwar Ruhephasen ausmachen, aber keinen Schlaf wie auf der Erde. „Vielleicht erst vier Tage Manorus?" „Nach Erdenrechnung sind es mehr als 8 Wochen. Deine Lieben mussten den Alltag wieder aufnehmen. Bald werden wir sie besuchen. Du hast den Vorteil, dich nicht ausruhen zu müssen, wie nach langer Krankheit oder wie in der Quarantänezeit für Menschen, die Unrecht begangen haben."

„Es gibt noch Bereiche für die ganz kleinen Kinder und die, die schon im Mutterleib verstorben sind. Sie werden mit Liebe überhäuft und lernen sich langsam hier wieder zurechtzufinden wie früher, als sie schon einmal ein Erdenleben zurückließen. Sie werden sich erinnern. So wie auch du dich langsam wieder an deine Zeit hier erinnerst. Dann beginnt der Aufstieg in die höheren Dimensionen. Lass uns zu deinem Leuchtturm zurückkehren, der vorübergehend dein Zuhause sein wird."

In einem Bruchteil einer Sekunde waren Manorus und Jabur auf dem Leuchtturm. „Jabur ruhe dich jetzt aus und überdenke alles. Ich werde bald wieder kommen und dir zeigen, welche Aufgaben man hier im Jenseits und welche man in Erdennähe übernehmen kann. Jeder hier hat eine Aufgabe, die sich von Zeit zu Zeit verändern wird. Das Betreuen von Neuankömmlingen, das Schulen von Neuankömmlingen, das Heilen der gebeutelten Seelen hier im Jenseits und auf der Erde, das Schützen der Menschen, das Verdrängen von bösen Elementen und das Verbreiten von Licht und Harmonie auf der

Erde. Letzteres dient den Menschen zum Erkennen von Gut und Böse."

Für Jabur war es ein Ausruhen, aber nach Erdenzeit waren es vier Wochen. Manorus kam mit Aloras gemeinsam zum Leuchtturm und weckten Jabur. Im Jenseits braucht man keine Nahrung, kein Wasser. Nur Lichtnahrung ist für das Gesunden der Seele notwendig. Lichtnahrung in Form von Information und Heilenergien, die überall mit jedem Atemzug aufgenommen werden.

„Jabur", sagte Manorus, „Aloras wird dich zu Mallahuri begleiten, der hat die Aufgabe, dich mit in Erdennähe zu nehmen. Nein, antwortete Manorus, der augenblicklich Jaburs Gedanken aufgefangen hatte, du brauchst die Frage nicht zu stellen, deine Lieben auf der Erde wirst du heute noch nicht sehen, aber bald. Vor dem Leuchtturm wartet aber jemand auf dich, den du kennst."

Aloras und Jabur machten sich diesmal nicht über die Gedanenebene auf den Weg, sondern benutzten die Treppe. Vor dem Leuchtturm wartete ein Mann mit einem hellgelben Gewand. Irgendwie kam ihm dieser Mann bekannt vor. Er war von stattlicher Statur und hatte dickes dunkles Haar. Als sie sich in die Augen schauen, weiß Jabur wer dieser Mann ist. „Großvater" rief Jabur, „wie schön dich zu sehen!" Jabur hatte den Großvater noch ganz anders in Erinnerung: Leicht gebückte Haltung, tiefe Furchen im Gesicht und graues schütteres Haar. In dieser Sphäre ist er genesen an Leib und Seele. Obwohl man den Leib nicht als fleischlichen Leib bezeichnen kann, so ist er trotzdem eine Hülle aus Energie, die dem fleischlichen Leib ähnelt. Sofort baute sich zwischen den beiden die längst vergessene Vertrautheit aus der Zeit auf, als sie zusammen im kleinen Fluss fischten oder wenn der Großvater den kleinen Rudolph vor der groben Hand des Vaters schützte. Sie umarmten sich innig und die verwandten Seelen glaubten sich niemals getrennt. Der Großvater ist nach seinem Tod vor 12 Jahren auch in der 4. Dimension gestrandet und hat viel erlernen müssen, obwohl er ein gottesfürchtiger Mann war und sein kleines Einkommen auch noch mit ärmeren Menschen teilte. Die Gesetze der höheren Dimensionen sind den meisten Verstorbenen unbekannt. Jede Seele reift hier anders. Manche machen schnelle gute Fortschritte, andere wiederum öffnen ihr Herz erst später. Der Großvater, der nun den Namen Ursur trug, durfte erst vor kurzem die 5. Dimension betreten und lebt nun in der Nähe seiner Eltern in einem Gebäude aus Rosenquarz. Ursur begleitete Jabur und Aloras noch ein kleines Stück auf ihrem Weg durch den Sand, direkt am Meer entlang. Es roch wunderbar nach Meer und sogar Möwen flogen über die beiden hinweg. Weit draußen tummelten sich Delfine. Jeder Delfin hatte einen Energieball in einer

Regenbogenfarbe über dem Kopf schweben. Wenn einer untertauchte, blieb der Energieball über dem Wasser und war sofort wieder über dem Kopf, wenn er auftauchte.

Plötzlich sagte Aloras: „Da kommt gerade eine Seele an, die noch nicht hier sein sollte. Sie hatte einen Unfall. Leider zieht sie nichts mehr in ihr so tristes von Gewalt und Arbeit bestimmtes Leben zurück." Aloras hatte kaum geendet, da kam eine junge Frau in ihrer Alltagskleidung an und Aloras sprach zu ihr: „Marie, du solltest nicht hier sein. Du musst zurück." Marie antwortete: „Nein, lasst mich hier. Es ist so wundervoll hier. Ich fühle mich so gut, wie noch nie." „Marie, es ist noch nicht deine Zeit. Du musst zurück zu deinen Kindern und ihnen beistehen. Du kannst sie nicht allein bei deinem Mann lassen." Schnell orderte Aloras Maries verstorbene Mutter dazu, die Marie mitteilte, dass alles gut werden wird. Sie solle vertrauen. Die Mutter umarmte sie und schickte sie zurück. Zögernd drehte sich Marie um und war verschwunden. Jabur war fasziniert von diesem Geschehen und Aloras ließ ihn auf den Vorfall blicken. In einer Fabrik hatte es einen Brand gegeben und Marie wurde von den Flammen ergriffen. Zwei Arbeiter zogen Marie aus den Flammen und löschten die Feuerzungen, die an ihr leckten. Man sah, wie Marie in ein Krankenhaus gebracht wurde und wie die Ärzte um ihr Leben kämpften. Für einen Augenblick blieb ihr Herz stehen und sie kam in der 4. Dimension an. Es war nur ein ganz kurzer Blick ins Jenseits, weil ihre Zeit noch nicht gekommen war. Sie sollte ihre Kinder großziehen, was ihr mit der Aussicht auf ein späteres harmonisches Leben leichter fallen würde. Sie vertraute auf das, was ihre Mutter ihr sagte. Egal wie ihre nächsten Jahre aussehen würden, alles würde gut werden.

Aloras und Jabur gingen noch einige 100 Meter am Stand entlang und sahen dann eine anmutig schreitende Person in einem goldschimmernden Gewand auf sie zukommen. „Da kommt Mallahuri", sagte Aloras. Als sie vor ihm standen, konnte Jabur es kaum fassen. Dieser Mallahuri hatte so ein strahlendes Aussehen, das es schon fast blendete. Seine Stimme klang unglaublich harmonisch und man fühlte absolute Liebe. Jaburs Stimmung, die schon unfassbar ausgeglichen war, wurde noch weiter angehoben. Wenn es ihm möglich gewesen wäre, wie ein Mensch vor Freude zu weinen, hätte er es getan.

„Ich grüße dich Jabur", sagte Mallahuri. „Ich freu mich, dich auf deinem nächsten Erkenntnisweg begleiten zu dürfen. Ich werde dich in Erdennähe führen, um dir zu zeigen, welche Verstorbenen sich dort aufhalten, die nicht in die 4. Dimension dürfen oder den Weg dorthin aufgrund des sich nicht Ablösen können von Hab und Gut oder Personen, nicht finden. Wir haben die Aufgabe ihnen den Weg zu zeigen. Bist du bereit?" „ Aber ja, ich brenne darauf diese Geschöpfe kennenzulernen", sagte Jabur. „Ich möchte dich aber darauf vorbereiten, dass diese Geschöpfe oft sehr unangenehm werden können", meinte Mallahuri Jabur noch mit auf den Weg zu geben. „Jabur, die Reise zu den unteren Dimensionen ist dir nur mit einem erfahrenen Geistwesen erlaubt. Du wirst auch später sehen, warum. Wir reisen zuerst in die 3. Sphäre ganz nah der Erde an der 3. Dimension, aus der du gekommen bist. Später dann in die 2. und 1. Dimension, der verstorbenen Menschen, die großes Unrecht begangen haben und erst ihre Seele läutern müssen. Sie müssen erkennen, was gut und böse ist. Jede Seele hat ihre eigene Aufgabe auf Erden und in den Himmeln, den sieben Sphären, die für eine Menschenseele erreichbar sind. Die Sphären darüber sind den Engeln und allerhöchsten Geschöpfe vorbehalten." „Aber jetzt lass uns die Reise in die Nähe der Erde antreten. Sei nicht verwirrt, wenn du auch Seelen siehst, die noch nicht verstorben sind und trotzdem umherwandeln in Bereiche, die den Toten vorbehalten sind. Schon in der Bibel in Hiob 33, Vers 15 bis 18 steht geschrieben, dass die Seele während des Schlafes auf Wanderschaft geht. Du bist kurz davor Allmacht, Allwissen und Allgegenwart in dir zu vereinbaren. Du wirst erkennen, was das Jenseits vom Erdenleben unterscheidet. "

Das Reisen zur Erde war nicht ganz so schnell bewältigt, wie innerhalb einer höheren Dimension oder in eine höhere Dimension. Wie undurchdringlicher Nebel lag ein Schwaden über der Erde und der darüber liegenden Sphäre. Je näher Jabur und Mallahuri der 3. Sphäre kamen, umso mehr änderte sich das Gefühl für Harmonie und Liebe. Das Herz wurde schwerer und sie vermissten sofort die Leichtigkeit. Man konnte Verstorbene sehen, die noch in Wohnhäusern saßen, die ihnen mal gehörten. Andere konnten sich nicht von ihrer Firma trennen und andere nicht von Angehörigen. Oft ist der Tod so schnell eingetroffen, dass diese Wesen nicht einmal bemerkten, dass sie verstorben waren. Sie nahmen das nicht gesehen und gehört werden an, als wenn sie sich in einem Albtraum befinden würden. Immer wieder versuchten sie Kontakt aufzunehmen. Mallahuri erklärte Jabur, dass es Mallahuri und anderen Geistgeschöpften aufgetragen worden ist, diese Geschöpfe ins Licht zu führen. Doch das wäre nicht immer einfach, da sie nicht annehmen tot zu sein und manchmal sogar Angst vor den Geistgeschöpfen hätten

Sie hatten ihr erstes Ziel erreicht.

Ein verstorbener Mann saß verzweifelt auf einem Stuhl neben dem Bett eines kleinen Jungen. Der Junge war vor Trauer um seinen Vater erkrankt. Er hatte hohes Fieber und sprach im Schlaf mit seinem Vater. Hier konnten die beiden sich begegnen. Der Vater bestärkte den Jungen zu ihm zu kommen, was aber falsch war. Der Junge sollte leben. Da der Vater aber noch nicht begriffen hatte, dass er verstorben war, würde er den Jungen ins Jenseits ziehen. Es war Mallahuris Aufgabe den Mann behutsam zu informieren und umzustimmen. Mallahuri und Jabur stellten sich ans Bettende des Jungen und Mallahuri sagte: „Friedrich, ich sage dir, dein Junge soll leben." „Wer bist du?", rief Friedrich. Mallahuri antwortete: „Ich bin Mallahuri und komme aus dem Jenseits. Dein Junge ist nicht bereit für das Jenseits. Du hattest einen Arbeitsunfall und bist verstorben." Augenblicklich gab Mallahuri ihm einen Rückblick auf das Geschehen und Friedrich konnte sich erinnern. „Was mach ich denn dann hier wenn ich doch verstorben bin? Also lebe ich noch. Ich habe doch gerade mit meinem Sohn gesprochen. Du willst mich irreführen." „Im Schlaf Friedrich, können wir Kontakt mit Lebenden aufnehmen. Willst du, dass dein Sohn jetzt schon ins Jenseits kommt, weil du ihn immerzu rufst? Durch dein Rufen verliert er seine Lebenskraft. Er ist traurig, dass du verstorben bist und freut sich, dich im Traum zu sehen. Lass ihn genesen. Gib ihm Zeit und komm später zu deinem Sohn zurück. So kann er gesund werden und sich langsam an deinen Tod gewöhnen. Lass ihn leben und schau auf das was vor dir liegt." Mallahuri zeigte ihm Bilder des Jenseits und berührte seine Schulter, so dass Harmonie in sein Herz ziehen konnte. Ein Sog aus Liebe und Harmonie zog ihn ganz langsam in die 4. Dimension, an deren Grenze Friedrichs verstorbene Mutter mit offenen Armen stand, um ihren Sohn zu empfangen und weiter aufzuklären.

Mallahuri und Jabur machten sich sofort auf den Weg zurück, um dem kleinen Jungen noch Heilenergien zu geben, damit er genesen möge. Einige Wochen später wollten sie mit Friedrich dann wieder zurück, um zu sehen, wie es seinem Jungen dann ergeht. Zuerst einmal muss Friedrich begreifen, was Jenseits und Diesseits bedeuten.

Von dem Krankenbett des Jungen begaben sie sich in ein Hospital an das Bett eines jungen Mädchens im Alter von 13 Jahren. Katharina war schwer erkrankt. Sie hatte Lungenkrebs und wenige Chancen zu überleben. Die Medizin war noch nicht so weit, ihr helfen zu können. Mallahuri und Jabur wollten auch diesem Kind Heilenergien zukommen lassen und ihre Denkweise umschwenken auf eine gute Zukunft. Katharina tanzte gern und nahm Ballettunterricht in einer renommierten Schule. An einigen Aufführungen durfte sie im Theater schon mittanzen. Sie weckten ihren Astralkörper und nahmen Katharina mit in eine eigens für sie erschaffene Traumwelt. Katharina trug ein wunderschönes grünes Ballkleid und wurde auf eine Bühne geführt. Es ertönte Musik und sie tanzte über die Bühne, als ob sie schweben würde. Es kamen noch andere Tänzer und Tänzerinnen dazu und als sie den Tanz beendeten, applaudierten die Zuschauer, die sie vorher nicht bemerkt hatte. Kleine Sterne fielen vom Himmel auf die Bühne und viele Menschen und Engel in den verschiedensten Gewändern schwebten um die Bühne herum und applaudierten ebenso, wie das Publikum in den Rängen. Katharina konnte durch die Engel hindurchschauen und erblickte andere Dimensionen, die wunderbar bunt aussahen. Wiesen mit leuchtenden Blumen, gesunde Bäume und ihre Großeltern, die schon verstorben waren. Die Großeltern winkten ihr zu und riefen: „Alles wird gut Katharina, denke an dein Tanzen in der Zukunft. Du möchtest doch wieder in die Ballettschule. Komm zu uns hier auf die Blumenwiese und schau dir die große Pyramide dort drüben mit uns an. Geh mit uns hinein." Eine goldene Pyramide mit einem goldenen Tor auf einer Wiese war sofort für Katharina sichtbar. Ihre Großeltern gingen mit ihr zum Tor. Katharina öffnete das Tor und sie gingen hinein. Es war ganz dunkel in der Pyramide, nur ein kleines Licht leuchtete im Zentrum. Bis dahin gingen sie vor. Sie hörte eine Stimme sagen: „Die Pyramide stellt deine Seele dar und das kleine Licht ist der Punkt der Archivierung in der Seele, da, wo alles abgespeichert ist, was dir jemals widerfahren ist. Schau dich jetzt um, du wirst viele Türen entdecken, aber nur eine Tür ist beleuchtet. Diese Tür wählst du aus und gehst in den Raum dahinter. Katharina tat, wie ihr aufgetragen wurde und öffnete die Tür. Sie betrat den Raum allein und sofort umgab sie grünes, warmes Licht. Sie hatte das Gefühl, das dieses Licht durch ihren Kopf in den Körper in jede Zelle drang. Sie sah, wie jede Zelle miteinander durch Lichtzeichen kommunizierte. Als ihr Blick auf ihre Lunge fiel, war dort kein Tumor mehr zu sehen. Sie hörte die Stimme sagen: „Schau, vor dir liegen zwei Wege, ein heller und ein dunkler Weg. Du wählst jetzt den hell erleuchteten Weg hinaus aus der Pyramide in Gesundheit und Glück. Geh jetzt!" Katharina ging hinaus und befand sich wieder auf der Blumenwiese.

Hier ließ Mallahuri den Traum enden und der Astralkörper ging wieder in den fleischlichen Körper über. Der Anfang für die Genesung war gelegt. Katharina sollte Mut fassen. Damit sie sich an den ganzen Traum erinnern konnte, ließen sie ihr ein Stückchen vom Ballkleid zurück. Jabur legte ihr das Stück in die rechte Hand. Katharina atmete ruhig und ausgeglichen mit einem Lächeln im Gesicht. Sie schlief fest.

„Jabur", sagte Mallahuri, „ich glaube, du bist jetzt so weit, zu deinen Lieben zu reisen, um zu sehen, wie es ihnen ergeht. Es ist Schlafenszeit und du kannst ihnen etwas sagen, damit sie am nächsten Morgen mit deiner Nachricht erwachen." Jabur war begeistert von dem Vorschlag. Wie eine Kontaktaufnahme zu funktionieren hatte, verstand er nun und im nächsten Augenblick standen beide im Schlafgemach von Jaburs Verloben. Jabur setzte sich auf ihr Bett und legte sanft die Hand auf ihre Stirn. Ganz leise flüsterte er: „Luisa, wach auf, ich bin es, Rudolph." Luisa öffnete nicht ihre Augen, aber ihr Astralkörper löste sich vom fleischlichen Körper und sie erhob sich. Auf geistiger Ebene nahmen die beiden sich in die Arme und Jabur sagte ihr, dass es ihm gut geht, da wo er jetzt wäre und dass sie ihr Leben wieder leben müsse wie früher. Er hielt seine Hand über ihr Herz und Energiestrahlen traten aus seiner Hand in ihr Herz. „Mögen dein Herz und deine Seele wieder Frieden finden, sagte er." Mallahuri gab ein Zeichen, dass sie aufbrechen müssen um auch noch Jaburs Mutter besuchen zu können. Jabur löste sich von Luisas Astalkörper und dieser glitt langsam wieder in den Leib hinein. Gern wäre Jabur noch geblieben, aber die Schlafenszeit war fast vorbei. Es ging weiter zu Jaburs Mutter. Diese saß wach an ihrem Küchentisch und weinte. Es war jetzt schon eine gewisse Zeit her, aber der Schmerz Rudolph verloren zu haben saß tief. „Was tun wir jetzt?", fragte Jabur Mallahuri. „Hier musst du dich gedanklich fest mit ihr verbinden, um ihr etwas mitteilen zu können." Jabur sprach seine Mutter wie früher mit Mama an. „Mama, hör mir zu, Mama hör mir zu, Mama schau auf mein Bild an der Wand." Jaburs Mutter folgte dem Impuls und schaute das Bild an der Wand an. Jabur ließ Kraft seiner Gedanken das Bild wackeln und seine Mutter rief: „Jabur, bist du da? Besuchst du mich? Geht es dir gut?". Jabur ließ einen kleinen Windhauch durch ein auf dem Tisch liegendes Buch wehen und die aufgeschlagene Seite fing an mit den Worten: „Ja, das Leben hier ist wunderbar." Jaburs Mutter nahm es als Zeichen ihres Sohnes und legte sich zufrieden in ihr Bett. Sie schlief sofort ein, so dass Jabur ihr noch die Hand auf die Stirn legen und sie sich in ihrem Traum noch umarmen konnten. Für Jabur eine wunderbare Erfahrung.

Zufrieden traten die beiden Reisenden ihren Weg zurück in die 4. Dimension an, um bald schon wieder aufzubrechen Verstorbenen in der 1. Und 2. Sphäre zu unterstützen. Um alle Eindrücke noch einmal Revue passieren zu lassen, setze sich Jabur in den Sand vor den Leuchtturm, den er durch seinen innigen Wunsch während seiner Erdenzeit erschaffen hatte und blickte auf das Meer. Die Delfine, über die er während seiner Erdenzeit nur gelesen hatte, konnte er jetzt beobachten und ein gewisses Überschwappen von Frequenzen und Liebe spüren. Jabur sah sich die Wellen des türkiesen Meeres an und lauschte dem Rauschen. Je länger er das Rauschen hörte, desto mehr veränderte es sich. Aus dem Rauschen wurde ganz langsam ein leiser Singsang, was von den Delfinen auszugehen schien. Wie angenehm sich diese Töne anhörten. Jabur wusste nicht, wie lange er vor dem Leuchtturm gesessen hatte, als Mallahuri wieder erschien und fragte: „Jabur, bist du bereit für die nächste Mission?" Es musste wohl eine sehr lange Zeit gewesen sein, die er dort verbracht hatte. Niemals müde werdend stand Jabur auf und sagte: „Er wird mich leiten durch Hell und Dunkel und mir wird an nichts fehlen." Mallahuri lächelte, fasste Jabur an seine Schulter und augenblicklich änderte sich die Umgebung. Durch dicke Nebelschwaden flogen sie der Erde entgegen und weiter in die tieferen Sphären. Es wurde dunkler und die Landschaft änderte sich. Keine Blumen oder Bäume waren zu sehen und tiefe Trauer hing in der Luft, die das Atmen erschwerte. Menschen in zerlumpten Kleidern begegneten ihnen. Diese schienen Jabur und Mallahuri nicht wahrzunehmen, was Jabur sehr irritierte. „Warum sehen oder fühlen diese Geschöpfe uns nicht?" „Sie sind so in ihrer schlechten Energie verfangen, dass sie das Licht nicht wahrnehmen. Sie haben die Regeln des Universums und die Gebote Gottes missachtet und müssen allein ins Licht finden.

Manche sind sogar schon Jahrhunderte hier und lernen nicht dazu. Sie bereuen nicht, dass sie einen Menschen ermordet oder sich selbst das Leben genommen haben, sie bereuen kein Vergehen, was sie einem anderen Menschen zugefügt haben. In dieser Sphäre leben diese Geschöpfe wie in einer anderen Welt und tun sich sogar noch untereinander Böses an.

Ihr Weg führte sie direkt zu einer jungen Frau, die neben einer verwesten Leiche saß. Sie war verbunden mit ihr durch ein Band. Es roch fürchterlich und diese junge Frau war schmutzig und in Lumpen gekleidet. In ihrer Nähe hausten andere Verstorbene, die Karten spielten und grölten. Sie hatten diese Frau, als sie noch lebte, immer wieder angesprochen sich das Leben zu nehmen, weil sie selbst sich einst das Leben genommen hatten. Alle hatten noch immer nicht begriffen, dass sie tot waren. Sie sind direkt, aufgrund ihrer Vergehen auf Erden, in dieser Dimension gelandet. Die junge Frau jammerte vor sich hin: „Was habe ich nur getan? Wäre ich doch bei meiner Familie geblieben. Oh Gott, hörst du mich nicht?" Mallahuri ging langsam auf die Frau zu und sagte Jabur, dass er auch seine hohe Frequenz senken solle, damit die Frau, Mallahuri und Jabur sehen könne. „Renate, wir sind hier um dir zu helfen", sagte er. „Wer seid ihr, was wollt ihr, wollt ihr mir auch was antun? Geht weg!" „Renate, wir sehen dein Schicksal und du hast aufrichtig nach Gott gerufen. Das ist der erste Schritt zur Befreiung." „Ich glaube dir das nicht. Ich bin schon so lange hier an meinen stinkenden Körper gefesselt, obwohl ich doch hier auch noch existiere. Mich gibt es jetzt zwei Mal." „Gott hat dir dein Leben geschenkt und du darfst es nicht wegwerfen. Du musst deine Aufgaben erledigen auf der Erde bis dein Tag gekommen ist in Gottes Reich einzutreten. Deshalb bist du an diesen verfaulten Körper gebunden, um dir die Erkenntnis zu geben, was du falsch gemacht hast. Aber jetzt hast du den Glauben an Gott wiedergefunden und darfst nun mit uns kommen an einen besseren Ort." Renate hörte nun aufmerksam zu und jammerte nicht mehr vor sich hin. „So oft habe ich Gott gerufen und jetzt hat er mich gehört?" „Er hat dich bestimmt schon eher gehört, aber da hast du diese Worte ohne wirkliche Emotion ausgerufen. Steh auf, dein Band zu deinem alten Leib wird nun gelöst". Kaum hatte Mallahuri das ausgesprochen, löste sich das Band und Renate stand auf. Die beiden stützten sie und brachten sie aus dieser düsteren Sphäre in die 4. Dimension. Dort angekommen kamen Helfer, die sie auf die Krankenstation brachten, damit sie dort eine lange Zeit schlafen konnte, um dann mit ihrem alten Seelennamen irgendwann wieder zu erwachen.

Jabur blieb eine längere Zeit auf seinem Leuchtturm um zu meditieren und seine wiederentdeckten Fähigkeiten in den Ablauf seines jetzigen Daseins einzubinden. Immer mehr entdeckte er die Umgebung im Hinterland mit den herrlichen Gärten, die immer wieder neue Eindrücke hinterließen. Manchmal zeigten die gepflanzten Blumenreihen eine Inschrift oder ein Bild, was er noch vor einiger Zeit nicht sehen konnte. Sein Blick für all das wurde ausgeweitet. Seine Sinne entdeckten immer neue Sprachen, wie die Sprache der Engel oder die Sprachen der Neuankömmlinge. Auf der Seelenebene verstanden sich alle Geschöpfe. Jabur machte es aber Freude, die Sprachen der Erde zu erkunden und sein Wunsch reifte immer mehr, sich um die gefallenen Seelen in den unteren Sphären zu kümmern. Das sollte mal seine Aufgabe werden. Irgendwann wollte er mit einer Begleitung, die angelernt werden musste, hinabsteigen und die Seelen retten, die nach langer Zeit die Demut wiedergefunden haben. Es war wieder einmal Zeit Mallahuri aufzusuchen.

Jabur machte sich auf den Weg zu Mallahuri und bat ihn, dass er mal wieder mit hinabsteigen dürfe, um eine Seele zu retten. Mallahuri freute sich sehr über Jaburs Entschluss und konnte erkennen, dass er in seiner Entwicklung wieder einen großen Schritt nach vorn gemacht hatte. „Jabur, dieses Mal wirst du die Reise leiten und ich dich begleiten. Habe keine Bedenken, ich bin immer in deiner Nähe." Jabur fühlte sich noch nicht befähigt, die Aktion zu leiten, aber mit Mallahuri an seiner Seite konnte ihm nichts passieren. Es klangen Wehlaute aus den unteren Sphären und gleichzeitig Gebete eines Mannes, der vor mehr als 100 Jahren zwei Frauen ermordet hatte und erst jetzt den ersten Anflug von Reue zeigte. Dieser Bereich war besonders beängstigend. Grau in Grau, kaum Licht, ein schlimmer Geruch und überall verängstigte oder aggressive Wesen. Jabur und Mallahuri senkten ihre Frequenzen, um mit diesem Mann in Kontakt treten zu können. „Heinrich", sprach Jabur den Mann an und wunderte sich, seinen Namen zu kennen. Ein Blick auf Mallahuri, der schmunzelt neben ihm stand, zeigte, welche Gedanken Mallahuri durch den Kopf gingen. Bist du immer noch erstaunt über deine Fähigkeiten, wird er wohl gedacht haben. Jabur wiederholte den Namen noch einmal und Heinrich blickte auf. „Wer da?" fragte er. „Wir sind gekommen, dich herauszuholen. Du hast mit deinen guten Gedanken nach uns gerufen." „Wer seit dir und woher kommt ihr? Wohin wollt ihr mich bringen? In ein neues Gefängnis?" Jabur trat näher heran und konnte diese jämmerliche Gestalt nun näher sehen. „Heinrich, du hast über die Taten nachgedacht, die du begangen hast? Was würdest du anders machen als zu deinen Lebzeiten?" „Wieso Lebzeiten?" fragte Heinrich. „Bin ich hier in meinem Gefängnis verstorben?" Mallahuri sagte kein Wort. Er blieb still neben Jabur stehen. Allerdings gab er Jabur einen Hinweis, Heinrich in sein früheres Leben schauen zu lassen, was Jabur auch sofort umsetzte. In Londons Gassen hatte Heinrich zu seinen Lebzeiten zwei Frauen ermordet und sah es nun vor Augen. Vor 100 Jahren hätte es ihn gefreut, noch einmal sein Wirken anschauen zu können, aber jetzt stieß es ihn ab. Er wusste nicht warum. War es evtl. sein jahrelanges Verharren an seinem Aufenthaltsort, um Reue zu entwickeln oder tat es ihm wirklich leid? Heinrich hatte angefangen zu beten. Er hat nicht um Befreiung gebetet, sondern für die armen Frauen, denen er sowas angetan hat. Das ist bis in die höchsten Dimensionen vorgedrungen und man wollte Heinrich eine Chance geben. Jetzt kam Mallahuri doch noch einen Schritt vor und sagte: „Heinrich schau hin. Schau dir jetzt noch einmal deinen Todestag an. Du bist direkt vom Galgen hier gelandet. Schau wie du dich noch am Galgen dagegen gewehrt hast für deine Taten zu sühnen. Du dachtest, dass es ganz normal wäre Frauen das Leben nehmen zu können. Möchtest du wissen, wo die Frauen nach ihrem Leben hinkamen? Möchtest du dich bei ihnen entschuldigen? Dann komm mit uns." Heinrich erhob sich und ging mit unsicheren Schritten hinter den beiden her. Sie nahmen ihn in ihre Mitte und begaben sich in die 4. Dimension. Heinrich konnte es kaum fassen, wo man ihn hingebrachte hatte. Um zu sehen, wohin man Heinrich einordnen kann, musste er mit den beiden Frauen zusammentreffen.

Mit Ankunft in der 4. Dimension wechselten auch die Kleider, die er am Leibe trug. Sie waren sehr einfach, aber sauber. Auch sein Energiekörper erschien gesäubert. Die beiden Frauen waren bereits gerufen worden und kamen Heinrich entgegen. Die feine harmonische Energie der 4. Dimension war schon fast zu viel für Heinrich. Die Landschaft und die Geschöpfe, die er zu sehen bekam, ließen ihn annehmen, dass er träumen würde. Dann noch die beiden Frauen, die er sofort wieder erkannte, die nicht wie Furien auf ihn zukamen, um sich zu rächen, sondern ihm nur sagten: „Schade, dass du so gehandelt hast. Wir wünschen dir einen guten Verlauf in dieser Sphäre. Tu dein Bestes." Heinrich fiel auf die Knie und bedeckte sein Gesicht vor Scham. „Es tut mir so leid, was ich euch angetan habe. Ich hatte genug Zeit mein Versagen zu überdenken."

Es kamen eine Frau und ein Mann zu ihm und baten ihn mitzukommen. Er wurde zu seinem Lager gebracht, wo er erst einmal ruhen konnte. Heinrich ruhte 5 Jahre, bevor er mit seinem Seelennamen aufgeweckt wurde und die Lehren der Dimensionen erlernen durfte.

Mallahuri und Jabur machten sich auf den Weg zum Leuchtturm. Dort trennten sich die beiden um auch zu ruhen.

Als Jabur sich in den Leuchtturm begeben wollte, bemerkte er, dass sich die Farben um den Leuchtturm herum verändert hatten und ein heller Energienebel rund um den Turm sichtbar wurde. Er drehte sich um und ging zum Wasser. Ein Blick in sein Spiegelbild zeigte Jabur in einem schimmernden Gewand. Seine Aura hatte eine helle leuchtende Farbe bekommen und so dankte er Gott für diese Reinwaschung seiner Seele. In seinem Innern hörte er eine Stimme, die sagte: „Jabur, du hast dich selbst reingewaschen." „Wer bist du?" fragte Jabur. Und eine Stimme so laut wie ein Donnerschlag und doch so sanft und harmonisch ertönte: „Ich bin das A und O, der Anfang und das Ende, der Erste und der Letzte."(Bibel Offenbarung 22. Vers 13)

In diesem Augenblick fühlte sich Jabur getragen von einer Energie, die ihn wegbrachte vom Strand und von seinem Leuchtturm. Er wurde angehoben in die 5. Dimension. Er schloss seine Augen bis er einen wunderbaren Gesang vernahm. Als er seine Augen wieder öffnete, sah er viele Geschöpfe in leuchtenden Gewändern vor sich, die mit wunderbarer Stimme sangen. Jabur stimmte in diesen Gesang ein, obwohl er ihn vorher noch nie gehört hatte. Über die Gedankenebene nahm er auf, was er aufnehmen wollte. All seine Helfer, die er im Jenseits kennengelernt hatte waren anwesend. Sie feierten ihm zu Ehren ein Fest. Ein

Fest der angekommenen Seele. Ein Fest der Seele, die bereit war Aufgaben zu übernehmen, um anderen angekommenen Seelen zu helfen oder auf der Erde Menschen den richtigen Weg zu zeigen, um einmal wie er in der 4. Dimension ankommen zu dürfen. Kann es etwas Schöneres geben als vollkommene Harmonie in der unendlichen Ganzheit?

Das erste Mal, seit er verstorben war, traf er auf Engel, die so leuchteten, dass sie fast durchscheinend wirkten. Er hätte niemandem diese Freude beschreiben können, die er in sich fühlte. Wie erst musste das Gefühl sein, was man in der 6. oder 7. Dimension verspürt? Es ist nicht vorstellbar. Die höheren Dimensionen über der 7. sind den hohen Geistgeschöpfen vorbehalten. Für eine Menschenseele wäre das Gefühl nicht ertragbar. Jabur erhielt ein neues Zuhause. Der Leuchtturm war Vergangenheit. Der Leuchtturm, der mit roten Rubinen bespickt war, war ein Ausdruck seiner Seele für die gescheiterte selbstlose Rettung des kleinen Jungen. Sein langgehegter Wunsch mal wieder ans Meer zu kommen und die Faszination für Leuchttürme haben ihn nach dem Tod dort hingebracht.

In dieser Dimension waren wieder neue Erfahrungen zu machen, um die Seele weiter reifen zu lassen. Jabur nahm alles mit großer Freude und Dankbarkeit auf. Bursur wurde ihm zur Seite gestellt. Eine Persönlichkeit, die sich um Seelen kümmert, die auf der Erde neu geboren werden möchten, weil sie noch etwas an menschlichen Erfahrungen vermissen oder weil sie etwas gut zu machen haben. Eine solche Seele war Radora. Sie war im letzten Leben selbstsüchtig und voller Hass. Mehr als 150 Jahre hat sie im Jenseits verbracht, um sich ihrer Seeleneigenschaften zu besinnen und mit neuem Mut und Zuversicht in ein weiteres Leben zu treten. Sie hatte sich ihre Eltern schon ausgesucht. Eltern bei denen ihre Selbstsucht und Hass erneut aufflammen werden und sie aber auch die besten Voraussetzungen hatte, um das zu besänftigen. Nach der Geburt wird sie von ihrem Seelenleben der letzten 150 Jahre nicht mehr viel wissen. Sie hatte im Jenseits viele Erfahrungen gemacht und ihre Seele war geheilt. Eine große Verabschiedungszeremonie wurde für Radora abgehalten. Ihr Schutzengel stand ihr zur Seite und nahm sie noch einmal in die Arme. Ihre ganze Seelenfamilie war anwesend und ihre Begleiter der letzten 150 Jahre. Ein wunderbarer Gesang ertönte, als sich Radora auf den Weg machte in den Mutterleib ihrer nächsten Mutter. Eine Silvana wird geboren werden im Kreislauf des Universums und Jabur wird ihren Verlauf überwachen dürfen.

Leg alles still in Gottes ewige Hände; das Glück, den Schmerz, den Anfang und das Ende. (Bibel Spruch 150)

Rudolph öffnet langsam die Augen. Die Lider sind so schwer, als wenn sie zugeklebt wären. Er schaut in ein freundliches Gesicht mit tiefblauen Augen. „Da sind sie ja wieder", sagt Schwester Irene und ruft nach den Ärzten. Rudolph fühlt sich so müde; seine Arme und Beine lassen sich kaum bewegen. Irene ruft noch einmal lauthals nach einem Arzt mit Namen Dr. Himberg. Dr. Himberg, ein Mann in den Fünfzigern mit Vollbart, erscheint an Rudolphs Bett. Unbeweglich liegt Rudolph da und lässt den Arzt sein Stethoskop an seine Brust legen. „Na, damit habe ich kaum noch gerechnet", sagt Dr. Himberg. Rudolph versucht zu sprechen, aber es will kaum ein Wort entweichen. „Womit?" sagt er dann kaum hörbar. „Das sie uns noch einmal in der Wirklichkeit besuchen. Über zwei Jahre waren sie in ihrem eigenen Traumland. Das Einzige was sie in der Zeit konnten, war Nahrung und Wasser aufnehmen. Schwester Irene hat sie die zwei Jahre täglich betreut. Haben sie bemerkt, wenn Irene sie gefüttert hat?" Rudolph schüttelt ganz sachte den Kopf. „Wissen Sie, warum sie hier sind?" fragt Dr. Himberg. Wieder schüttelt Rudolph sachte den Kopf. „Kennen Sie ihren Namen?" Rudolph antwortet leise: „Jabur!"

Langsam machte sich ein Gedanke in Rudolphs Kopf breit. Warum war ich zwei Jahre wie tot und warum war ich im Jenseits mehr als hier im Krankenbett? Habe ich eine Aufgabe? Tief in seinem Innern hörte er eine Stimme: „Jabur, teile allen Menschen mit, was du erlebt hast und sage ihnen, dass sie keine Angst vor dem Tod zu haben brauchen. Sie gehen nur hinter den Vorhang in eine neue Welt."

Zwei Wochen später spazierte Rudolph mit seiner Verlobten langsam durch den Garten hinter dem Krankenhaus. Wie unterschiedlich doch diese Vegetation zu der im Jenseits ist, dachte er. Beide setzen sich auf eine Bank und schauten den Patienten zu, die sich auch im Garten aufhielten. Ein junges Mädchen, gestützt durch ihre Mutter, kam an der Bank vorbei. Rudolph kannte dieses Mädchen, aber wusste nicht, woher. Da sagte seine Verlobte: „Dieses Mädchen hatte man schon abgeschrieben und dann auf einmal fasst sie den Schluss wieder zu tanzen und ist nun auf dem Wege der Besserung." Rudolph schmunzelte nur und dachte an die vielen Erlebnisse, die er während seines komatösen Zustandes hatte und wartete sehnsüchtig auf weitere Beweise seiner Reisen. Er schaute seine Verlobte an und dachte, dass es noch nicht an der Zeit war, ihr alles zu erzählen. Irgendwann wird es für jeden der richtige Augenblick sein, um zu erkennen, dass zwischen Himmel und Erde und darüber hinaus noch viel zu erkunden ist. Für ihn ist aber der Vorhang gefallen. Rudolph kannte seine Zukunft in Harmonie. Eine tiefe Zufriedenheit hatte sich in ihm breit gemacht, die ihn über sein Leben hinaus begleiten wird.